作家榜经典文库
★ ★ ★ ★ ★ ★ ★ ★
读 经 典 名 著 ，认 准 作 家 榜

大方
sight

李清照诗词全集

〔宋〕李清照 著

程璧 导读

中信出版集团｜北京

李清照小像　明　佚名

目 录

词 集

存疑词

诗　集

附　录

柳燕图　清　恽寿平

◎ 恽(yùn)寿平(1633—1690):清代书画大师。江苏常州人。号南田,别号云溪外史、白云外史。常州画派开山祖师,"没骨画法"(直接用颜色或墨色绘成花叶)的集大成者,其画作清新雅丽,写意传神,枯润兼备,淡而有奇。本书精选恽寿平画作,共计81幅。

导读：云中谁寄锦书来？

寂寞深闺：李清照的少女时光

宋词之美，反复被人们咀嚼至今。李清照，是其中被反复提及的名字。她是大众印象里的古代才女，前半生优渥，后半生落魄。

幼时出生于书香门第，不受物质困扰，受到良好的家学熏陶。父亲李格非是读书人，后中进士，为官清正。爱好藏书，擅长写作。可贵的是，父亲早早意识到了女儿在文学方面的天赋，没有在封建传统观念之下束缚了她的灵性，而是给予她非常多的启蒙和引导。

在她刚开始动笔写下几行诗句的时候，父亲就将其诗作传阅于身边文学好友，她最初在创作方面得到的肯定，就来自这些长辈们。早年的她天真烂漫，尚无多少忧虑，尽情去感受世间的种种美好事物与情意，表现出女性独特的纯真和娇羞。

在她的早期作品中，有这首《点绛唇》：

蹴罢秋千，起来慵整纤纤手。
露浓花瘦，薄汗轻衣透。

豆蔻少女，在院子里面荡完秋千，懒懒地收拾衣裳，整理发丝。院子里的植物上面布满了一层露珠，而自己的薄衫也被汗水浸透了。

见客入来，袜划金钗溜，和羞走。
倚门回首，却把青梅嗅。

见到客人来，害羞地匆忙躲避，来不及穿鞋子，只穿袜子走路，头发上的金钗也不小心滑落了。尽显仓皇失措的样子。悄悄地藏在门口，却还想看看是什么样的客人。手里捻一枝青梅，细嗅起来。

刚刚仓皇失措紧张逃走，之后又细嗅青梅来掩饰内心的羞涩，这两个画面一动一静地切换，把少女的调皮展现得淋漓尽致。仿佛可以看到门后面少女那忽闪忽闪的大眼睛，对外面未知世界充满了探索的好奇。

寥寥数语，却全然是一段十几岁少女的内心写照。我读来可以完全回忆起自己在那个年龄段时的心理过程。小时候每次家里来了客人，都害羞地躲进房间，翻翻小画书，啃啃苹果，却也竖着耳朵想听到大人在说什么。

在李清照的这段词里，那时候来的客人究竟是一般的长辈，还是年龄相仿的翩翩少年呢？如果是后者的话，似乎就更能解释在这段词中字里行间洋溢着的少女萌芽与羞怯之心了。

还有一次，外出与友人宴饮之后，她落笔写出《如梦令》：

常记溪亭日暮，
沉醉不知归路。

如果还原成白话文，大概像这样：

还记得那次在溪边亭中的傍晚
不知不觉间
日色已暮。
就这样沉醉在美丽的景色里
仿佛忘记了
回家的路。

这画面和意境，俨然像是某首现代歌曲的歌词。只需配上最简单的几个和弦，拿着一把民谣吉他，就可以轻轻弹唱。太阳就要落山了，这位经过一日欢愉而心生荡漾的女子却并无归意。她意犹未尽。

> 兴尽晚回舟，误入藕花深处。
> 争渡，争渡，惊起一滩鸥鹭。

就在乘一叶小舟准备往回走的时候，却偏偏不小心误入了藕花深处。夏日池塘里，芬芳的香气，周围全是大而挺拔的荷叶。晚风微凉，日色渐暗。这时候的藕花深处，真是一处令人浮想联翩的妙地。

它是隐蔽的，又是自然纯真的。

我在试着想像这时她的心理活动。应该是兴奋而紧张的吧。好像借着这"误入"又可以多留一会儿，好像这"误入"也并非"误入"，而正中了她的心思。一位身居闺阁的有着良好教养的小姐，因为这样的契机，可以在外面多待一会儿，在这样一个不为人知充满幻想的夏日荷塘深处，有着诸多浪漫的可能。

如果是一位现代少女，她甚至会可爱地幻想着是否可以走入一段奇妙森林旅程。就像是宫崎骏动画《龙猫》里的主人公小梅，不小心掉进了树洞，因此遇到了憨纯可爱、热心善良的龙猫。就像是现代诗人张枣在《镜中》所写下的那句，"危险的事固然美丽"，似乎某些意外也是诸多美丽的相遇的契机。

但偏偏这样的冒险，被一群鸥鹭给惊醒了。这"惊"字，是写鸟儿，也可能是写自己的内心。

在那时候的李清照心里，是否真的会有这样的一点幻想呢？作为后来的我，也只能是在她的字里行间进行一点点个人揣测。她没有把心路历程一五一十交代清楚，但留白恰恰又是最好的交代，借着这样美的词汇意境，勾画出一个浪漫纯真的夏日傍晚，令后来的人反复品味和想象。

一位有着敏锐感知力的少女正自由蓬勃地生长着，那是她生命里的春天。像是滋润着丰沛雨水的春笋，破土而出。

物是人非事事休：飘零的后半生

成年后，李清照嫁与门当户对且情投意合的郎君赵明诚，与其互相赏识并有着共同的审美爱好，夫妇二人共同致力于书画文物的搜集整理。

他们爱情的开始，在一次灯会。

那年元宵节，相国寺赏花灯，同样出生于书香世家的赵明诚，第一次见到芳名远播的这位才女后，惺惺相惜，同时爱慕之心油然而生。"言与司合，安上已脱，芝芙草拔"，他回家后向父亲袒露了自己的心迹，赵家遂遣人上门提亲。

在讲究门当户对、媒妁之言的封建社会，婚姻并非自主。婚后的生活大部分乏味而囿于形式。而难得的是，他们二人幸运地相遇相知，心意相通，珠联璧合。

婚后因丈夫为官，无奈分居两地之时，她的思念之情跃然纸上，写下《一剪梅》：

红藕香残玉簟秋。
轻解罗裳，独上兰舟。
云中谁寄锦书来？
雁字回时，月满西楼。
花自飘零水自流。
一种相思，两处闲愁。
此情无计可消除，
才下眉头，却上心头。

句句都是一位女性的柔软心思。罗裳，轻盈的衣裳，兰舟，一叶扁舟，这样的词汇时常出现在她的意象里。她在盼望着，心上人寄来的书信，期待着读一读里面的只言片语。

四周月光散落。

宋词之美，美在细腻，美在意境。就像宋画花鸟工笔一般，一笔一画，都精致。这种唯美主义的倾向，在李清照的诗词里恰如其分地表达出来。

谁料之后，金人南下，丈夫前往南京时突然染病离世；后来又战事频发，夫妇二人早年苦心收藏的碑帖书画在流亡中散失殆尽；再次试图走入婚姻却遇人不淑，告发之却因当时法令怆然入狱。

人生的种种落拓，在她身上一样毫不留情。

这样近乎"惨痛"的经历，是否破坏了她的美学表达方式？在李清照这里，答案是否定的。她的另一首《如梦令》，最近因为在时下热播剧中谱曲演唱而被人们再次注意到：

昨夜雨疏风骤，浓睡不消残酒。
试问卷帘人，却道海棠依旧。
知否，知否？应是绿肥红瘦。

一个风雨交加的夜晚过后，她担心着院子里的花，是不是颓败了。但身边的人却告诉她，没有变。但只有细腻如她才知道，一定是绿叶更加茂盛，而红花却眼见着"瘦了"。

"瘦"字，也是典型的李清照式的字眼。它有时候隐喻着一种时间的逝去，有时候更具体地表达着内心的颓唐。那些美好的时光一去不复返，眼前已经没有了故人和亲爱的家人，又有谁再来怜惜并感知她那敏感多情的内心呢？

知否？知否？你知道吗，你知道吗？这是她娇嗔而认真地追问。

再到后来，尽管她写下"寻寻觅觅，冷冷清清，凄凄惨惨戚戚"这样的字眼，却也仍旧是柔软而富有感染力的表达，不忘感受眼前景象，"梧桐更兼细雨，到黄昏、点点滴滴"。

她始终是自己，一种李清照式的表达。在李清照的词里面，始终留存着这种"美"的情意。

词别是一家：独特的"易安"美学

提到宋词，人们常常会有一个固定而强烈的印象：某种"风雅闲愁"。

唐诗，合辙押韵，适合小儿在咿呀学语时吟诵。而宋词，并不算朗朗上口，甚至是有些拗口，情绪也是忽明忽暗，多种缱绻。词注重个人内心感受，并非表达大时代的气象，而是用来诉说淡淡情愫。

这反映了唐宋两个时代之间的差别，家国命运的急转直下渗透到了审美表达。唐代是大气磅礴的，外向的，兼容并包的。宋代是偏安一隅的，内敛的，返璞归真的。

前者明朗，后者忧伤。

然而，"凝眸处，从今又添，一段新愁"，当李清照写下这样的句子，却也并非是"为赋新词强说愁"。

新婚不久，思念丈夫，句句情真意切。在那个女性并无多少表达空间的时代，她敢于袒露心声，传递思念。甚至到后来，中年丧夫，当发现再婚者的丑陋的真面目之后，愤然决定自救，主动控告，提出"离婚"，即使是知道根据当时的法律自己也会因此入狱。可以想像这些举动在当时是多么令世人震惊。

然而在词的世界里，她的表达始终是温柔内敛的。

我想，这来自她的性格、学养，也是一种对于"美"的坚持。早年因为充盈地感受过种种世间的温柔情意，因此在中年晚年经历种种变故，也不会使她变得"野蛮"。她内化掉那些悲伤，倾吐出来仍旧是丝丝缕缕的美的意境。

不能忽略的是，在词之外，李清照还写下过一首相当"硬气"的夏日绝句：

生当作人杰，死亦为鬼雄。
至今思项羽，不肯过江东。

这是她对整个大时代格局的思考和怀疑，对宋代当权者放弃抵抗的不甘。这样简短的四句，透露出了她的精神世界，在柔软情意的包裹之下，是深刻而坚韧的内核。

玉箫声断：让宋词重获新声

李清照的词里面，有着属于她的韵律感。且来看这首《醉花阴》：

东篱把酒黄昏后，有暗香盈袖。

莫道不消魂，帘卷西风，人比黄花瘦。

整体结构，七个字开篇，然后五个字落下回应。再之后五个字，四个字，五个字。这样的字数结构，是原本为了适合演唱而流传下的填词规则，而李清照一字一句，层层递进，填得细腻婉转。

暗香盈袖，人比黄花瘦，这两句穿插在这种长短句的形式内，带着轻盈的韵脚，字里行间有着某种自然而然的节奏感。

说到长短句，我想到日本的古典和歌，也是由"五七五七七"这样的长句和短句构成，和宋词有着某种默契的呼应。历史上，日本所受到的审美影响很多来自宋代。无论是对于自然万物的细腻感受，还是偏爱留白、含蓄，给人以想象空间的表达方式。

这种表达方式也影响到我的音乐创作。我的音乐灵感很多得益于早年的文学阅读，尤其是文学里面的诗词部分。最久远的《诗经》中传递的洪荒清脆之美，唐代诗歌的洗练洒脱之美，再到宋词的秀丽细腻之美。这些描述词汇，其实也根本无法概括它们各自的美。不同的时代，对"美"的韵律感有着不同的呈现。

而这种"韵律感"，于我而言最直接的个人感受，就是在读到非常有共鸣的诗词的时候，有某种旋律的冲动，甚至可以即兴哼唱出来。

读李清照的诗词，就有这种强烈的感受。

窗前谁种芭蕉树？阴满中庭。

阴满中庭，叶叶心心舒卷有余情。

我想原因有二：一是她用词语勾画出的意境实在是美，让人无法不受到感染。好的音乐的动机，大部分都来自直感。那一刻的情感涌动，对应到了音符。二是她的词和韵脚确实适合演唱。并不复杂的措辞，去除掉很多繁冗的装饰，清浅直白，直入人心。

想来真是奇妙，这些跨越千年留存下来的文字，重新映入一个后来人的眼睛，进入他／她的身体感官和思想，藏之其中的美似乎也借此重新复活了。文字所勾画出的意境，在每个人的主观想像世界里，以通感的方式，被赋予了不一样的新的旋律。

一种相思：书成小简寄情人

历史上与李清照相似的女性创作者，屈指可数。"女懂懂，妇空空"，这样的状态持续了上千年间。这是中国古代男权社会时代背景所致。在这样的历史大环境之下，她的出现，足够令世人惊叹。

在精神世界的自由独立，在措辞表达方面的柔韧功力，使她的作品持续被后人重读，因此也持续获得重生。

云中谁寄锦书来？

我想，是她的和她的词，以清丽动人之态，不断寄予后来人。

2019 年初夏

词

集

对雨遣兴

荷花图

南歌子

天上星河转，
人间帘幕垂。
凉生枕簟泪痕滋，
起解罗衣，聊问夜何其？

翠贴莲蓬小，
金销藕叶稀。
旧时天气旧时衣，
只有情怀、不似旧家时！

◎ 簟(diàn)：竹席。

转调满庭芳

芳草池塘，绿阴庭院，
晚晴寒透窗纱。
玉钩金锁，
管是客来吵。
寂寞尊前席上，
惟愁海角天涯。
能留否？酴醾落尽，
犹赖有梨花。

当年曾胜赏，生香熏袖，
活火分茶。
极目犹龙骄马，流水轻车。
不怕风狂雨骤，
恰才称，煮酒残花。
如今也，不成怀抱，
得似旧时那？

笑断金巨罗塔前一

放歌偶然狂兴覆泼

泼墨点荷图

◎ 吵（ shā ）:语气词。

◎ 酴醾（ tú mí ）:植物名。初夏开花,白
色,重瓣,供观赏。

词集　005

渔家傲

天接云涛连晓雾，
星河欲渡千帆舞。
仿佛梦魂归帝所，
闻天语，
殷勤问我归何处。

我报路长嗟日暮，
学诗谩有惊人句。
九万里风鹏正举，
风休住，
蓬舟吹取三山去。

评

清黄苏《蓼园词选》："此似不甚经意之作，却浑成大雅，无一毫钗粉气，自是北宋风格。"

春山暖翠图

如梦令

常记溪亭日暮,
沉醉不知归路。
兴尽晚回舟,
误入藕花深处。
争渡,争渡,
惊起一滩鸥鹭。

评

龙榆生《漱玉词叙论》:"矫拔空灵,极见
襟度之开拓。"

晓梦秋风

如梦令

昨夜雨疏风骤，
浓睡不消残酒。
试问卷帘人，
却道海棠依旧。
知否，知否？
应是绿肥红瘦。

评

缪钺《灵谿词说·论李清照词》："这大概
都是少时所作，虽无深意，而婉美灵秀
之致，非用力者所能及。"

秋海棠

多
丽

咏白菊

小楼寒，夜长帘幕低垂。

恨潇潇、无情风雨，夜来揉损琼肌。

也不似、贵妃醉脸，也不似、孙寿愁眉。

韩令偷香，徐娘傅粉，莫将比拟未新奇，

细看取，屈平陶令，风韵正相宜。

微风起，清芬蕴藉，不减酴醾。

渐秋阑、雪清玉瘦，向人无限依依。

似愁凝、汉皋解佩，似泪洒、纨扇题诗。

朗月清风，浓烟暗雨，天教憔悴度芳姿。

纵爱惜、不知从此，留得几多时。

人情好，何须更忆，泽畔东篱。

◎ 贵妃醉脸：典出唐代李濬《松窗杂录》。"天香夜染衣，国色朝酣酒"原是形容牡丹花，唐高宗称赏此句，设想杨贵妃醉酒后的姿态也与此类似。后以"贵妃醉脸"反比牡丹。

◎ 孙寿愁眉：典出东晋干宝《搜神记》。汉桓帝时，大将军梁冀妻孙寿作"愁眉"妆，其形细而曲折，引得举国效仿。

◎ 韩令偷香：典出南朝宋刘义庆《世说新语》。西晋时，韩寿与贾充之女相互爱慕，遂逾墙私会，由此身上也沾了贾女的香气，而这香料为贾府特有，世所罕见，故被贾充识破，只好将其女秘不示人地嫁给韩寿。

◎ 徐娘傅粉：典出唐代李延寿《南史》。南朝梁元帝的徐妃相貌平平，不受恩宠，且屡屡冒犯元帝。徐妃知道元帝仅有一只眼可以看得到东西，每每以半面妆示帝，惹得元帝大怒。后被逼令自杀。

◎ 屈平陶令：即屈原和陶渊明，二人均写过菊，故以此代指菊花。

◎ 汉皋解佩：典出西汉刘向《列仙传》。西周时人郑交甫，曾在汉皋遇二神女，两人以玉佩为赠，但转眼二女不见，佩亦随失。此处喻指菊花之转瞬即逝。

◎ 纨扇题诗：典出南朝陈徐陵《玉台新咏》。汉成帝之妃班婕妤，因失宠而赋《怨诗》："新裂齐纨素，鲜洁如霜雪。裁为合欢扇，团团似明月。"此处借喻菊花之洁白。

菩萨蛮

风柔日薄春犹早，
夹衫乍着心情好。
睡起觉微寒，
梅花鬓上残。

故乡何处是？
忘了除非醉。
沉水卧时烧，
香消酒未消。

菩萨蛮

归鸿声断残云碧，
背窗雪落炉烟直。
烛底凤钗明，
钗头人胜轻。

角声催晓漏，
曙色回牛斗。
春意看花难，
西风留旧寒。

◎ 人胜：以彩纸或金箔裁成人形，贴于
屏风或作头饰。
◎ 牛斗：二十八星宿中的牛宿和斗宿，
即牵牛星和南斗星。

扶
桑

浣溪沙

莫许杯深琥珀浓，
未成沉醉意先融，
疏钟已应晚来风。

瑞脑香消魂梦断，
辟寒金小髻鬟松，
醒时空对烛花红。

◎ 瑞脑：香料名。由龙脑树脂加工而成，今称冰片。

◎ 辟寒金：首饰名。典出东晋王嘉《拾遗记》。三国魏明帝时期，昆明国进贡嗽金鸟，用珍珠龟脑饲养后，经常能吐出米粒大小的金屑。因其性畏寒，就建了"辟寒台"来安放，用其所吐之金铸成的发簪因此得名"辟寒金"。

浣溪沙

小院闲窗春色深，
重帘未卷影沉沉，
倚楼无语理瑶琴。

远岫出云催薄暮，
细风吹雨弄轻阴，
梨花欲谢恐难禁。

评
明董其昌《便读草堂诗余》："写出闺妇
心情，在此数语。"

浣溪沙

淡荡春光寒食天，
玉炉沉水袅残烟，
梦回山枕隐花钿。

海燕未来人斗草，
江梅已过柳生绵，
黄昏疏雨湿秋千。

◎ 斗草：古代的一种游戏。古人常于野间竞采花草，或对花草名，或斗品种多寡，或以茎叶相勾，断者为负。

凤凰台上忆吹箫

香冷金猊，被翻红浪，
起来慵自梳头。
任宝奁尘满，日上帘钩。
生怕离怀别苦，
多少事、欲说还休。
新来瘦，非干病酒，
不是悲秋。

休休！这回去也，
千万遍阳关，也则难留。
念武陵人远，烟锁秦楼。
惟有楼前流水，
应念我、终日凝眸。
凝眸处，从今又添，
一段新愁。

水邨渔乐图

评

明李廷机《草堂诗余评林》:"宛转见离情别意,思致巧成。"

◎ 金猊(ní):以金属铸成狻猊之形的香炉。

◎ 武陵:此处将武陵人误入桃花源之事,同阮肇于天台山遇仙女之事合用,以武陵人借指丈夫赵明诚。

一剪梅

红藕香残玉簟秋。

轻解罗裳，独上兰舟。

云中谁寄锦书来？

雁字回时，月满西楼。

花自飘零水自流。

一种相思，两处闲愁。

此情无计可消除，

才下眉头，却上心头。

评

明杨慎批点本《草堂诗余》："离情欲
泪。读此始知高则诚、关汉卿诸人，又是
效颦。"

清陈廷焯《云韶集》："起七字秀绝，真
不食人间烟火者。"

桐阴幽赏图

蝶恋花

晚止昌乐馆寄姊妹

泪湿罗衣脂粉满，
四叠阳关，
唱到千千遍。
人道山长山又断，
潇潇微雨闻孤馆。

惜别伤离方寸乱，
忘了临行，
酒盏深和浅，
好把音书凭过雁，
东莱不似蓬莱远。

◎ 昌乐:今山东昌乐县。

◎ 东莱:今山东莱州市。

◎ 蓬莱:处于渤海之内的神山。

蝶恋花

暖雨晴风初破冻，
柳眼梅腮，
已觉春心动。
酒意诗情谁与共？
泪融残粉花钿重。

乍试夹衫金缕缝，
山枕斜欹，
枕损钗头凤。
独抱浓愁无好梦，
夜阑犹剪灯花弄。

鹧鸪天

寒日萧萧上锁窗，
梧桐应恨夜来霜。
酒阑更喜团茶苦，
梦断偏宜瑞脑香。

秋已尽，日犹长，
仲宣怀远更凄凉。
不如随分尊前醉，
莫负东篱菊蕊黄。

◎ 团茶：宋代将茶叶用圆模特制成的茶饼。

◎ 仲宣：王粲（177—217），字仲宣，山阳高平(今山东邹县)人，东汉末年诗人。曾因战祸避难荆州，感时怀归而作《登楼赋》。

牡丹以姚黄为君魏紫为
后月令菊有黄华黄
菊之称尊于金部以方
姚魏何多让焉 翁平

戴酒看南山种雪成五色霜艳庄

菊　花

小重山

春到长门春草青，
江梅些子破，
未开匀。
碧云笼碾玉成尘，
留晓梦，惊破一瓯云。

花影压重门，
疏帘铺淡月，
好黄昏。
二年三度负东君，
归来也，着意过今春。

竹石花图

怨王孙

湖上风来波浩渺，
秋已暮、红稀香少。
水光山色与人亲，
说不尽、无穷好。

莲子已成荷叶老，
清露洗、蘋花汀草。
眠沙鸥鹭不回头，
似也恨、人归早。

◎ 蘋(pín)：水草名。其根茎纤细，横卧
水中，叶柄长，顶端有四羽片，呈"田"
形，亦称"田字草"。

秋塘双浴图

临江仙

欧阳公作《蝶恋花》，有"庭院深深深几许"
之句，予酷爱之。用其语作"庭院深深"数阕，
其声即旧《临江仙》也。

庭院深深深几许？
云窗雾阁常扃。
柳梢梅萼渐分明。
春归秣陵树，
人客建康城。

感月吟风多少事，
如今老去无成。
谁怜憔悴更凋零。
试灯无意思，
踏雪没心情。

桐荫芭蕉图

◎ 扃（jiōng）：门闩，引申为关门。

◎ 秣陵：今江苏南京。

◎ 建康：今江苏南京。

腊　梅

醉花阴

薄雾浓云愁永昼，
瑞脑销金兽。
佳节又重阳，
玉枕纱厨，
半夜凉初透。

东篱把酒黄昏后，
有暗香盈袖。
莫道不消魂，
帘卷西风，
人比黄花瘦。

评
清陈廷焯《云韶集》："无一字不秀雅。深情苦调，元人词曲往往宗之。"

◎ 纱厨：纱帐，用于室内隔层或避蚊虫。

好事近

风定落花深，
帘外拥红堆雪。
长记海棠开后，
正伤春时节。

酒阑歌罢玉樽空，
青釭暗明灭。
魂梦不堪幽怨，
更一声啼鴂。

◎ 青釭(gāng)：青灯，光线青荧的油灯。
◎ 鴂(jué)：伯劳鸟。

036

奇草何須問十洲 吹簫人憶舊珠樓 雙飛月夜 騎鸞女曾染紅雲在指頭 雲溪壽平

凤仙花

诉衷情

夜来沉醉卸妆迟，
梅萼插残枝。
酒醒熏破春睡，
梦远不成归。

人悄悄，月依依，
翠帘垂。
更挼残蕊，更撚余香，
更得些时。

◎ 挼(ruó):揉搓。

◎ 撚(niǎn):同"捻",用手指搓转。

雲錦廊幽孫富貴援

萱　花

行香子

草际鸣蛩，惊落梧桐，
正人间天上愁浓。
云阶月地，关锁千重。
纵浮槎来，浮槎去，
不相逢。

星桥鹊驾，经年才见，
想离情别恨难穷。
牵牛织女，莫是离中？
甚霎儿晴，霎儿雨，
霎儿风。

荷香水榭图

念奴娇

萧条庭院，又斜风细雨，
重门须闭。
宠柳娇花寒食近，
种种恼人天气。
险韵诗成，扶头酒醒，
别是闲滋味。
征鸿过尽，万千心事难寄。

楼上几日春寒
帘垂四面，玉阑干慵倚。
被冷香消新梦觉，
不许愁人不起。
清露晨流，新桐初引，
多少游春意。
日高烟敛，更看今日晴未？

柳燕图

评

清黄苏《蓼园词选》："只写心绪落寞,遇
寒食更难遣耳。陡然而起,便尔深遂。
至前段云'重门须闭',后段云'不许不
起',一开一合,情各戛戛生新。起处雨,
结句晴,局法浑成。"

武陵春

风住尘香花已尽，
日晚倦梳头。
物是人非事事休，
欲语泪先流。

闻说双溪春尚好，
也拟泛轻舟。
只恐双溪舴艋舟，
载不动、许多愁。

评

明吴从先《草堂诗余隽》："未语先泪，此
怨莫能载矣。"

◎ 双溪：在今浙江金华。

◎ 舴艋（zé měng）舟：小船。

长河晓行图

长河晓行得此景
迷濛烟雾

声声慢

寻寻觅觅，冷冷清清，

凄凄惨惨戚戚。

乍暖还寒时候，

最难将息。

三杯两盏淡酒，

怎敌他、晚来风急？

雁过也，

正伤心，却是旧时相识。

满地黄花堆积。

憔悴损，如今有谁堪摘？

守着窗儿，

独自怎生得黑？

梧桐更兼细雨，

到黄昏、点点滴滴。

这次第，

怎一个愁字了得！

看他開口笑
露珠璣
園若

石　榴

评
明茅暎《词的》卷四："连用十四叠字,后又四叠字,情景婉绝,真是绝唱。后人效颦,便觉不妥。"

筆端亂擲
黃金果不屑
長門買賦
錢
甌香閣
醒園

黄金果

添字采桑子

芭蕉

窗前谁种芭蕉树？
阴满中庭。
阴满中庭，
叶叶心心舒卷有余情。

伤心枕上三更雨，
点滴凄清。
点滴凄清，
愁损北人不惯起来听。

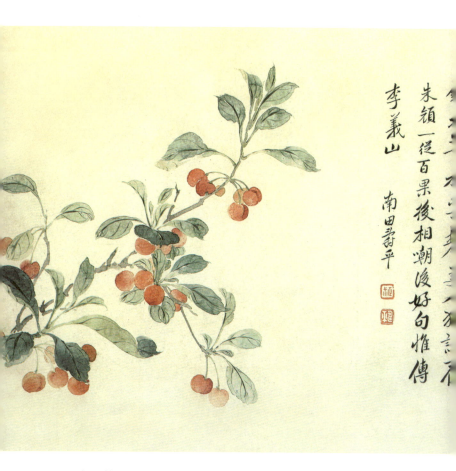

朱颖一纍百果後相朝後好句惟傳　李義山　南田壽平

櫻　桃

摊破浣溪沙

病起萧萧两鬓华，
卧看残月上窗纱。
豆蔻连梢煎熟水，
莫分茶。

枕上诗篇闲处好，
门前风景雨来佳，
终日向人多蕴藉，
木樨花。

◎ 分茶：宋代的一种沏茶技艺。沏茶时，将沸水注入盛有茶末的茶盏内并施以搅拌，使盏面形成不同的物象。因服药期间不宜饮茶，故道"莫分茶"。

寒簧二友圖
丁卯冬日暄和研
色得此
雲溪

蜡梅天竹图

清平乐

年年雪里，
常插梅花醉。
挼尽梅花无好意，
赢得满衣清泪。

今年海角天涯，
萧萧两鬓生华。
看取晚来风势，
故应难看梅花。

点绛唇

蹴罢秋千，
起来慵整纤纤手。
露浓花瘦，
薄汗轻衣透。

见客入来，
袜划金钗溜，
和羞走。
倚门回首，
却把青梅嗅。

评
明长湖外史《草堂诗余续集》："片时意态，
淫夷万变。美人则然，纸上何遽能尔。"

点绛唇

寂寞深闺，
柔肠一寸愁千缕。
惜春春去，
几点催花雨。

倚遍阑干，
只是无情绪！
人何处？
连天芳树，
望断归来路。

评
明钱允治《类编笺释续选草堂诗余》：
"草满长途，情人不归，空搅寸肠耳。"

生查子

年年玉镜台，
梅蕊宫妆困。
今岁不归来，
怕见江南信。

酒从别后疏，
泪向愁中尽。
遥想楚云深，
人远天涯近。

茶
花

庆清朝慢

禁幄低张，雕阑巧护，
就中独占残春。
容华淡伫，绰约俱见天真。
待得群花过后，
一番风露晓妆新。
妖娆态，妒风笑月，
长殢东君。

东城边，南陌上，
正日烘池馆，竞走香轮。
绮筵散日，
谁人可继芳尘？
更好明光宫里，
几枝先向日边匀，
金樽倒，拚了画烛，
不管黄昏。

晚露庭除龟恫变晚风篍蔼
燕崿時　雲溪漁

凤　仙

◎ 殢(tì): 纠缠。

◎ 拚(pàn): 不顾惜。

满庭芳

残梅

小阁藏春，闲窗锁昼，
画堂无限深幽。
篆香烧尽，日影下帘钩。
手种江梅渐好，
又何必、临水登楼？
无人到，
寂寥恰似、何逊在扬州。

从来知韵胜，
难禁雨藉，不耐风揉。
更谁家横笛，吹动浓愁？
莫恨香消玉减，
须信道、扫迹情留。
难言处，良宵淡月，
疏影尚风流。

云山图

◎ 何逊在扬州：语出杜甫"东阁官梅动诗兴，还如何逊在扬州"。何逊(480—519)，字仲言，东海郯(今山东郯城县)人，南朝梁诗人。曾于扬州作《咏早梅》。

合景岁朝图

御街行

世人作梅词，下笔便俗。予试作一篇，乃知
前言不妄耳。

藤床纸帐朝眠起，
说不尽、无佳思。
沉香烟断玉炉寒，
伴我情怀如水。
笛声三弄，梅心惊破，
多少春情意。

小风疏雨潇潇地，
又催下、千行泪。
吹箫人去玉楼空，
肠断与谁同倚？
一枝折得，人间天上，
没个人堪寄。

青玉案

用黄山谷韵

征鞍不见邯郸路，
莫便匆匆归去。
秋正萧条何以度？
明窗小酌，暗灯清话，
最好留连处。

相逢各自伤迟暮，
独把新诗诵奇句。
盐絮家风人所许。
如今憔悴，但余双泪，
一似黄梅雨。

仿僧繇没骨山图

◎ 黄山谷:黄庭坚(1045—1105),字鲁直,洪州分宁
(今江西修水)人,号"山谷道人",北宋诗人。原词:"烟
中一线来时路。极目送、归鸿去。第四阳关云不度。山胡
新啭,子规言语,正在人愁处。忱能损性休朝暮。忆我当
年醉时句。渡水穿云心已许。暮年光景,小轩南浦,同卷
西山雨。"

丑奴儿

夏意

晚来一阵风兼雨，
洗尽炎光。
理罢笙簧，
却对菱花淡淡妆。

绛绡缕薄冰肌莹，
雪腻酥香。
笑语檀郎，
今夜纱厨枕簟凉。

临徐崇嗣春风图

荷塘双鸭图

浣溪沙

绣幕芙蓉一笑开，
斜偎宝鸭衬香腮，
眼波才动被人猜。

一面风情深有韵，
半笺娇恨寄幽怀，
月移花影约重来。

评
明赵世杰《古今女史》："摹写娇态，曲尽
如画。"

浣溪沙

楼上晴天碧四垂。
楼前芳草接天涯。
伤心莫上最高梯。

新笋已成堂下竹，
落花都上燕巢泥。
忍听林表杜鹃啼。

浣溪沙

髻子伤春懒更梳,
晚风庭院落梅初,
淡云来往月疏疏,

玉鸭熏炉闲瑞脑,
朱樱斗帐掩流苏,
通犀还解辟寒无。

评
清陈廷焯《云韶集》:"清丽,宛约。"
清谭献《复堂词话》:"易安居士独此篇有唐调,选家炉冶,遂标此奇。"

◎ 通犀:犀牛角,因其中有白线贯通首尾,故称。古人以为犀角可驱寒,并悬于帷帐作固定用。

怨王孙

梦断漏悄，愁浓酒恼。
宝枕生寒，翠屏向晓。
门外谁扫残红？
夜来风。

玉箫声断人何处？
春又去，忍把归期负。
此情此恨此际，
拟托行云，问东君。

评
明董其昌《便读草堂诗余》："此词形容
春暮,语意俱到。"

◎ 东君:司春之神。

文湖州簟簹谷
偃竹之意
甲子長夏壽平

筼筜偃竹图

怨
王
孙

帝里春晚，重门深院。
草绿阶前，暮天雁断。
楼上远信谁传？
恨绵绵。

多情自是多沾惹，
难拚舍，又是寒食也。
秋千巷陌人静，
皎月初斜，浸梨花。

评

清陆昶《历代名媛诗词》："易安以词擅
长，挥洒俊逸，亦能琢炼。最爱其'草绿
阶前，暮天雁断'，极似唐人。"

竹石图

浪淘沙

素约小腰身，
不奈伤春。
疏梅影下晚妆新。
袅袅娉娉何样似？
一缕轻云。

歌巧动朱唇，
字字娇嗔。
桃花深径一通津。
怅望瑶台清夜月，
还照归轮。

浪淘沙

帘外五更风，
吹梦无踪。
画楼重上与谁同？
记得玉钗斜拨火，
宝篆成空。

回首紫金峰，
雨润烟浓。
一江春水醉醒中。
留得罗襟前日泪，
弹与征鸿。

评

明长湖外史《草堂诗余续集》卷上："'吹
梦'奇。幻想异妄。"

◎ 紫金峰：今南京紫金山。

竹石图

殢人娇

后庭梅花开有感

玉瘦香浓，檀深雪散，
今年恨、探梅又晚。
江楼楚馆，云间水远。
清昼永、凭阑翠帘低卷。

座上客来，樽中酒满。
歌声共、水流云断。
南枝可插，更须频剪。
莫直待、西楼数声羌管。

临唐解元看梅图

渔家傲

雪里已知春信至，
寒梅点缀琼枝腻，
香脸半开娇旖旎，
当庭际，
玉人浴出新妆洗。

造化可能偏有意，
故教明月玲珑地。
共赏金樽沉绿蚁，
莫辞醉，
此花不与群花比。

◎ 旖旎（yǐ nǐ）：柔和美丽。

竹石丛花图

临江仙

庭院深深深几许？
云窗雾阁春迟。
为谁憔悴损芳姿？
夜来清梦好，
应是发南枝。

玉瘦檀轻无限恨，
南楼羌管休吹。
浓香开尽有谁知。
暖风迟日也，
别到杏花时。

蝶恋花

上巳召亲族

永夜恹恹欢意少，
空梦长安，
认取长安道。
为报今年春色好，
花光月影宜相照。

随意杯盘虽草草，
酒美梅酸，
恰称人怀抱。
醉莫插花花莫笑，
可怜春似人将老。

◎ 上巳：即农历三月上旬巳日。魏晋以
降，定为三月三日，沿称"上巳"。

何事閒庭常雅此愛他名草是

萱　花

玉楼春

红梅

红酥肯放琼瑶碎，
探着南枝开遍未？
不知蕴藉几多时，
但见包藏无限意。

道人憔悴春窗底，
闲拍阑干愁不倚。
要来小看便来休，
未必明朝风不起。

腊　梅

永遇乐

元宵

落日熔金，暮云合璧，
人在何处？
染柳烟浓，吹梅笛怨，
春意知几许？
元宵佳节，融和天气，
次第岂无风雨？
来相召、香车宝马，
谢他酒朋诗侣。

中州盛日，闺门多暇，
记得偏重三五。
铺翠冠儿，撚金雪柳，
簇带争济楚。
如今憔悴，风鬟霜鬓，
怕见夜间出去。
不如向、帘儿底下，
听人笑语。

双清图

◎ 中州：指北宋都城汴京（今河南开封）。

◎ 三五：即正月十五元宵节。

◎ 金雪柳：宋代元宵节妇女佩戴的一种首饰。

◎ 济楚：宋代口语，指整齐美好。

桃 花

减字木兰花

卖花担上，
买得一枝春欲放。
泪染轻匀，
犹带彤霞晓露痕。

怕郎猜道，
奴面不如花面好。
云鬓斜簪，
徒要教郎比并看。

聽秋圖

陸天游小幀余曾
借臨能得大意

听秋图

摊破浣溪沙

揉破黄金万点明，
剪成碧玉叶层层。
风度精神如彦辅，
太鲜明。

梅蕊重重何俗甚，
丁香千结苦粗生。
熏透愁人千里梦，
却无情。

◎ 彦辅：典出北宋李昉《太平御览》。晋人刘讷初入洛阳，见过众多名士后感叹："王夷甫太鲜明，乐彦辅我所敬。"原是称赞王夷甫神采鲜明，此处为李清照误用。

翠黛图

忆秦娥

临高阁，
乱山平野烟光薄。
烟光薄，
栖鸦归后，暮天闻角。

断香残酒情怀恶，
西风催衬梧桐落。
梧桐落，
又还秋色，又还寂寞。

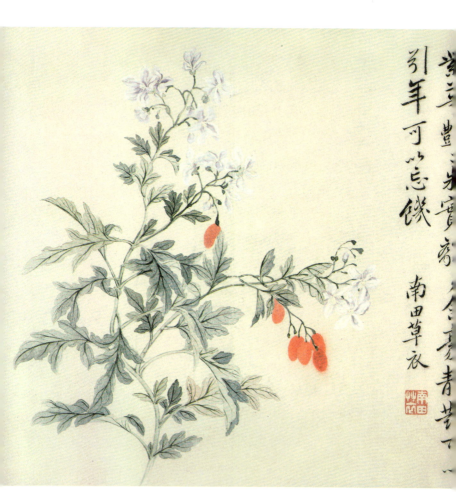

紫花朱实图

瑞鹧鸪

双银杏

风韵雍容未甚都，
尊前甘橘可为奴。
谁怜流落江湖上，
玉骨冰肌未肯枯。

谁教并蒂连枝摘，
醉后明皇倚太真。
居士擘开真有意，
要吟风味两家新。

◎ 擘(bāi)：同"掰"，用手把东西分开。

香林紫雪图

青玉案

一年春事都来几？
早过了，三之二。
绿暗红嫣浑可事。
绿杨庭院，暖风帘幕，
有个人憔悴。

买花载酒长安市，
争似家山见桃李？
不枉东风吹客泪。
相思难表，梦魂无据，
惟有归来是。

新荷叶

薄露初零，

长宵共、永昼分停。

绕水楼台，高耸万丈蓬瀛。

芝兰为寿，

相辉映、簪笏盈庭。

花柔玉净，捧觞别有娉婷。

鹤瘦松青，

精神与、秋月争明。

德行文章，素驰日下声名。

东山高蹈，

虽卿相、不足为荣。

安石须起，要苏天下苍生。

藕花真趣图

◎ 东山高蹈：东山，位于今浙江上虞县，东晋谢安早年
曾隐居于此。高蹈，隐居。

◎ 安石：谢安（320—385），字安石，陈郡阳夏（今河南
太康）人，东晋名士。曾主持淝水之战大败前秦，为东晋
赢得几十年和平。

长寿乐

南昌生日

微寒应候，
望日边、六叶阶蓂初秀。
爱景欲挂扶桑，
漏残银箭，杓回摇斗。
庆高闳此际，
掌上一颗明珠剖。
有令容淑质，归逢佳偶。
到如今，昼锦满堂贵胄。

荣耀，文步紫禁，
——金章绿绶。
更值棠棣连阴，
虎符熊轼，夹河分守。
况青云咫尺，
朝暮重入承明后。
看彩衣争献，兰羞玉酎。
祝千龄，借指松椿比寿。

松枝图

◎ 南昌:某贵族夫人的封号。

◎ 阶蓂(míng):瑞草名,又名蓂荚。多生于石阶缝隙,故名。典出《竹书纪年》。这种草每月前十五天,日生一叶,后十五天,日谢一叶。据此可以辨明日期。"六叶阶蓂初秀"即是说该人生日是在本月第六天。

◎ 爱景:和煦的太阳。爱,通"暖"。

◎ 枃回遥斗:北斗星斗柄北指,即将入冬。

◎ 文步紫禁:因富有才华而得以出入皇宫。紫禁,古代以紫微垣星座喻指帝居,故称皇宫为"紫禁"。

◎ 虎符熊轼:虎符,虎形兵符,用以调兵的信物。熊轼,古代高级官员所乘之车,车前横木状如伏熊。

鹧鸪天

桂

暗淡轻黄体性柔，
情疏迹远只香留。
何须浅碧轻红色，
自是花中第一流。

梅定妒，菊应羞，
画阑开处冠中秋。
骚人可煞无情思，
何事当年不见收？

◎ 骚人：指屈原，因作《离骚》故称。《离骚》中所提"菌桂"实为肉桂，而非桂树，故说"何事当年不见收"。

菊　花

木兰花令

沉水香消人悄悄，
楼上朝来寒料峭。
春生南浦水微波，
雪满东山风未扫。

金樽莫诉连壶倒，
卷起重帘留晚照。
为君欲去更凭阑，
人意不如山色好。

仿九龙山人《绿筠图》

存疑词

梨花明白一汝东
风
瓯香散人素爱
七诗迎的图

杨柳梨花图

忆少年

疏疏整整，斜斜淡淡，
盈盈脉脉。
徒怜暗香句，
笑梨花颜色。

羁马萧萧行又急。
空回首，水寒沙白。
天涯倦牢落，
忍一声羌笛。

◎ 暗香句：指北宋诗人林逋《山园小梅》中的"暗香浮动月黄昏"一句。

却 恨 绛 对 城 草 色 年

起 舞 不 闻 鸡

寿平

鸡冠花

110

春光好

看看腊尽春回。
消息到、江南早梅。
昨夜前村深雪里，
一朵花开。

盈盈玉蕊如裁。
更风清、细香暗来。
空使行人肠欲断，
驻马徘徊。

梨 花

玉楼春

腊前先报东君信。
清似龙涎香得润。
黄轻不肯整齐开，
比着江梅仍更韵。

纤枝瘦绿天生嫩。
可惜轻寒摧挫损。
刘郎只解误桃花，
怅恨今年春又尽。

◎ 龙涎(xián)：香料名。实源自抹香鲸的肠内分泌物，古人初得之，以为是海龙熟睡时流出的口水积年凝固而成，故名"龙涎"。

◎ 刘郎：刘禹锡(772—842)，字梦得，彭城(今江苏徐州)人，唐代诗人。其诗《再游玄都观》："百亩中庭半是苔，桃花开尽菜花开，种桃道士归何处，前度刘郎今又来。"写自己故地重游却错过桃花花期。

河传

梅影

香苞素质，
天赋与、倾城标格。
应是晓来，
暗传东君消息。
把孤芳、回暖律。

寿阳粉面曾妆饰。
说与高楼，
休更吹羌笛。
花下醉赏，
留取时倚阑干，
斗清香、添酒力。

◎ 暖律：古代以时令合乐律，温暖的节候称"暖律"。

◎ 寿阳：寿阳公主，南朝宋武帝之女。典出北宋李昉《太平御览》。某日有梅花落其额上，拂之不去，引得妇人争相效仿，因名"寿阳妆"。

唐解元《春风图》

七娘子

清香浮动到黄昏，
向水边、疏影梅开尽。
溪畔轻蕊，有如浅杏。
一枝喜得东君信。

风吹只怕霜侵损，
更欲折来、插向多情鬓。
寿阳妆面，雪肌玉莹。
岭头别后微添粉。

桃花柳枝图

绿筠幽石图

品
令

零落残红，
恰浑似、胭脂色。
一年春事，柳飞轻絮，
笋添新竹。
寂寞幽闺，坐对小园嫩绿。

登临未足，
怅游子、归期促。
他年魂梦，千里犹到，
城阴溪曲。
应有凌波，时为故人留目。

注
此词一作曾纡作。

玉烛新

溪源新腊后。

见数朵江梅，裁剪初就。

晕酥砌玉芳英嫩，

故把春心轻漏。

前村昨夜，

想弄月、黄昏时候。

孤岸峭，

疏影横斜，浓香暗沾襟袖。

尊前赋与多材，

问岭外风光，故人知否？

寿阳谩斗，

终不似，照水一枝清瘦。

风娇雨秀，

好乱插、繁花盈首。

须信道，

羌管无情，看看又奏。

梅花松枝图

注
此词一作周邦彦作。

鸢尾花

如梦令

谁伴明窗独坐，
我共影儿两个。
灯尽欲眠时，
影也把人抛躲。
无那，无那，
好个恓惶的我。

注
此词一作向滈作。

粉颜金英

菩萨蛮

绿云鬓上飞金雀，
愁眉翠敛春烟薄。
香阁掩芙蓉，
画屏山几重。

窗寒天欲曙，
犹结同心苣。
啼粉污罗衣，
问郎何日归？

注
此词一作牛峤作。

鹧鸪天

枝上流莺和泪闻，
新啼痕间旧啼痕。
一春鱼鸟无消息，
千里关山劳梦魂。

无一语，对芳樽，
安排肠断到黄昏。
甫能炙得灯儿了，
雨打梨花深闭门。

注
此词一作秦观作。

诗

集

春色无边

秋花猫蝶图

春
残

春残何事苦思乡，
病里梳头恨发长。
梁燕语多终日在，
蔷薇风细一帘香。

浯溪中兴颂诗和张文潜

其一

五十年功如电扫，华清宫柳咸阳草。

五坊供奉斗鸡儿，酒肉堆中不知老。

胡兵忽自天上来，逆胡亦是奸雄才。

勤政楼前走胡马，珠翠踏尽香尘埃。

何为出战辄披靡？传置荔枝多马死。

尧功舜德本如天，安用区区纪文字。

著碑铭德真陋哉，乃令神鬼磨山崖。

子仪光弼不自猜，天心悔祸人心开。

夏商有鉴当深戒，简册汗青今俱在。

君不见当时张说最多机，虽生已被姚崇卖！

◎ 浯溪中兴颂诗和张文潜：浯溪，在今湖南祁阳县。浯溪石崖上有摩崖碑，碑文记载了唐肃宗平定安史之乱后，唐朝得以中兴的史实。张文潜，即张耒（1054—1114），字文潜，楚州淮阴（今属江苏）人，苏门四学士之一。曾作《读中兴颂碑》诗。

◎ 张说、姚崇：二人同时为唐玄宗时的宰相。

其二

君不见惊人废兴传天宝，中兴碑上今生草！
不知负国有奸雄，但说成功尊国老。
谁令妃子天上来？虢秦韩国皆天才。
花桑羯鼓玉方响，春风不敢生尘埃。
姓名谁复知安史，健儿猛将安眠死？
去天尺五抱瓮峰，峰头凿出开元字。
时移势去真可哀，奸人心丑深如崖。
西蜀万里尚能返，南内一闭何时开？
可怜孝德如天大，反使将军称好在。
呜呼！奴婢乃不能道辅国用事张后专，
乃能念春荠长安作斤卖！

◎ 虢秦韩国：唐玄宗将杨贵妃的三个姐姐分别封为韩
国夫人、虢国夫人和秦国夫人。
◎ 辅国、张后：唐肃宗时期，宦官李辅国和皇后张氏，
二人里应外合干预政事。

分得知字

学语三十年，
缄口不求知。
谁遣好奇士，
相逢说项斯？

◎ 说项斯：典出唐代李绰《尚书故实》。唐代诗人杨敬之很欣赏项斯的才华，遇到机会就向别人介绍他。项斯，字子迁，台州府乐安县（今浙江仙居）人，晚唐诗人。素有诗才，后因杨敬之的提携而声名大振。

国香春霁图

柳溪烟月图

感怀

宣和辛丑八月十日到莱，独坐一室，平生所见，皆不在目前。几上有《礼韵》，因信手开之，约以所开为韵作诗。偶得"子"字，因以为韵，作《感怀》诗云。

寒窗败几无书史，公路可怜合至此。
青州从事孔方君，终日纷纷喜生事。
作诗谢绝聊闭门，燕寝凝香有佳思。
静中我乃得至交，乌有先生子虚子。

◎ 莱：今山东莱州市。
◎ 礼韵：即《礼部韵略》，为宋代官修的韵书。
◎ 乌有、子虚：西汉司马相如《子虚赋》中的两个虚构人物。

残荷芦草图

晓

梦

晓梦随疏钟，飘然蹑云霞。

因缘安期生，邂逅萼绿华。

秋风正无赖，吹尽玉井花。

共看藕如船，同食枣如瓜。

翩翩座上客，意妙语亦佳。

嘲辞斗诡辩，活火分新茶。

虽非助帝功，其乐莫可涯。

人生能如此，何必归故家？

起来敛衣坐，掩耳厌喧哗。

心知不可见，念念犹咨嗟。

◎ 安期生：秦汉时期的仙人，居于蓬莱
仙山。

◎ 萼绿华：典出南朝梁陶弘景《真诰》。
萼绿华曾夜降东晋诗人羊权的住所，赠
其诗一首并金石手镯各一枚。

木瓜花

咏史

两汉本继绍，
新室如赘疣。
所以嵇中散，
至死薄殷周。

◎ 嵇中散：嵇康（223—262），字叔夜，
谯国铚（今安徽宿县西）人，三国魏朝诗
人。官拜中散大夫，世称嵇中散。嵇康
《与山巨源绝交书》有言："每非汤武而
薄周孔"。

竹石秋萝图

偶

成

十五年前花月底，
相从曾赋赏花诗。
今看花月浑相似，
安得情怀似往时？

清溪竹石图

上枢密韩公、工部尚书胡公

序

绍兴癸丑五月，枢密韩公、工部尚书胡公使虏，通两宫也。有易安室者，父祖皆出韩公门下。今家世沦替，子姓寒微，不敢望公之车尘；又贫病，但神明未衰落。见此大号令，不能忘言。作古、律诗各一章，以寄区区之意，以待采诗者云。

◎ 绍兴癸丑：即宋高宗绍兴三年（1133）

◎ 韩公：韩肖胄（1075—1150），字似夫，相州安阳（今河南安阳）人。绍兴三年任同签书枢密院事，奉旨出使金国。

◎ 工部尚书：胡松年（1087—1146），字茂老，海州怀仁（今江苏赣榆）人。时任工部尚书，随韩肖胄出使金国。

其一

三年复六月，天子视朝久。

凝旒望南云，垂衣思北狩。

如闻帝若曰，岳牧与群后。

贤宁无半千，运已遇阳九。

勿勒燕然铭，勿种金城柳。

岂无纯孝臣，识此霜露悲？

何必羹舍肉，便可车载脂。

土地非所惜，玉帛如尘泥。

谁当可将命，币厚辞益卑。

◎ 燕然铭：典出《后汉书》。东汉将军窦宪大破单于后，占据了燕然山，并在山上刻石记功。燕然，山名，即今内蒙古杭爱山。

◎ 金城柳：东晋桓温北伐时途经金城（今甘肃皋兰县），看到自己少时所植柳树都已长得粗壮，遂落泪感慨："树犹如此，人何以堪。"

四岳佥曰俞，臣下帝所知。

中朝第一人，春官有昌黎。

身为百夫特，行足万人师。

嘉祐与建中，为政有皋夔。

匈奴畏王商，吐蕃尊子仪。

夷狄已破胆，将命公所宜。

公拜手稽首，受命白玉墀。

曰臣敢辞难，此亦何等时！

家人安足谋，妻子不必辞。

◎ 皋夔：皋夔，即虞舜时期的贤臣皋陶和夔，喻指贤臣。韩肖胄曾祖韩琦嘉祐年间任宰相，祖父韩忠彦建中靖国年间为宰相。

◎ 王商：东汉班固《汉书》载，汉成帝时丞相王商，身形硕大，相貌威严，曾将来朝面圣的单于吓退。

◎ 子仪：《旧唐书》记载，唐代名将郭子仪，曾平定安史之乱。唐代宗时吐蕃侵略长安，听闻郭子仪正带兵前来，就立即撤军了。

愿奉天地灵，愿奉宗庙威。

径持紫泥诏，直入黄龙城。

单于定稽颡，侍子当来迎。

仁君方恃信，狂生休请缨。

或取犬马血，与结天日盟。

胡公清德人所难，谋同德协必志安。

脱衣已被汉恩暖，离歌不道易水寒。

皇天久阴后土湿，雨势未回风势急。

车声辚辚马萧萧，壮士懦夫俱感泣。

间阎嫠妇亦何知，沥血投书干记室。

夷虏从来性虎狼，不虞预备庸何伤。

◎ 紫泥诏：用紫泥所封的诏书。

◎ 间阎嫠（lí）妇：李清照的谦称。间阎，泛指民间。嫠妇，寡妇。

衷甲昔时闻楚幕，乘城前日记平凉。

葵丘践土非荒城，勿轻谈士弃儒生。

露布词成马犹倚，崤函关出鸡未鸣。

巧匠何曾弃樗栎，刍荛之言或有益。

不乞隋珠与和璧，只乞乡关新消息。

灵光虽在应萧萧，草中翁仲今何若?

遗氓岂尚种桑麻，残虏如闻保城郭。

娄家父祖生齐鲁，位下名高人比数。

当年稷下纵谈时，犹记人挥汗成雨。

子孙南渡今几年，飘流遂与流人伍。

欲将血泪寄山河，去洒东山一抔土。

◎ 樗、栎: 两种不材之木。

◎ 刍荛(chú ráo)之言: 割草打柴之人的话,喻指言辞
浅陋。

其二

想见皇华过二京，壶浆夹道万人迎。
连昌宫里桃应在，华萼楼前鹊定惊。
但说帝心怜赤子，须知天意念苍生。
圣君大信明如日，长乱何须在屡盟。

◎　连昌宫：又名兰昌宫，唐高宗时所置
行宫，在今河南宜昌县。
◎　华萼楼：即花萼相辉楼，唐玄宗时所
建，在今陕西西安兴庆公园内。

竹石图

乌

江

生当作人杰，
死亦为鬼雄。
至今思项羽，
不肯过江东。

漕雪西樹石柯敬仲新

簟此翁重採兩家膝趣

枯木竹石图

蒲塘真趣图

夜发严滩

巨舰只缘因利往，
扁舟亦是为名来。
往来有愧先生德，
特地通宵过钓台。

◎ 严滩：汉代隐士严光隐居富春山时垂钓之处，在今浙江桐庐。严光，字子陵，会稽余姚(今浙江余姚)人。少时与刘秀为同窗好友，刘秀即位后打算起用他，但他不慕名利，终身隐居于富春山。

书画堆牵
活一生论渠
画法借书
评请承瘦
硕通神妥
纯用颜筋
柳骨生
王翚书

枯木图

154

题八咏楼

千古风流八咏楼，
江山留与后人愁。
水通南国三千里，
气压江城十四州。

◎ 八咏楼：原名元畅楼，南朝齐诗人沈
约曾为其题诗八首，宋太宗时据此更名
为八咏楼。

深研生動之趣
洗脫刻畫之迹
揮謁神明虚蒙
不落時趨游于
象分
南田抱甕客
壽平

卷　丹

题砚诗

片石幽闺共谁语，
输磨盾鼻是男儿。
梦回已弄生花管，
肯蘸青烟只扫眉。

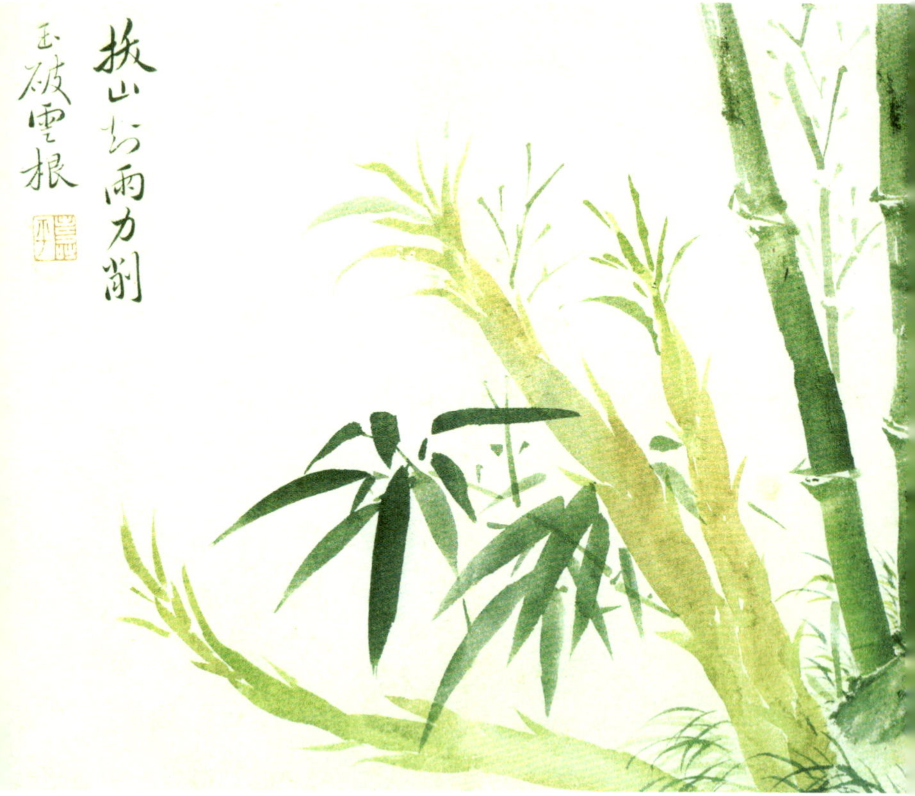

竹 笋

皇帝阁春帖子

莫进黄金箪，
新除玉局床。
春风送庭燎，
不复用沉香。

◎ 春帖子:宋代时,学士院要在立春和
端午两节,向皇室进献"帖子词",以供其
观赏。帝后、贵妃、夫人诸阁,各有定式。
◎ 庭燎:庭中照明的火炬。

贵妃阁春帖子

金环半后礼，
钩弋比昭阳。
春生百子帐，
喜入万年觞。

◎ 钩弋、昭阳：均为汉代宫殿名。钩弋宫曾为汉武帝宠妃钩弋夫人所居，昭阳殿曾是汉成帝宠妃赵合德的寝宫。

双花图

皇帝阁端午帖子

日月尧天大，
璇玑舜历长。
侧闻行殿帐，
多集上书囊。

藕花香雨图

皇后阁端午帖子

意帖初宜夏，
金驹已过蚕。
至尊千万寿，
行见百斯男。

◎ 百斯男：谓多子。宋高宗无子，故祝
愿其多子。

天香蟾阙图

锦石秋花图

夫人阁端午帖子

三宫催解粽，
妆罢未天明。
便面天题字，
歌头御赐名。

词
作
佚
句

仿曹云西《竹溪图》

· 教我甚情怀。

· 条脱闲揎系五丝。

· 瑞脑烟残，沉香火冷。

· 窗外芭蕉窗里人，分明叶上心头滴。

诗作佚句

拟陶云湖《万菊图》

· 诗情如夜鹊，三绕未能安。

· 何况人间父子情。

· 炙手可热心可寒。

· 南渡衣冠欠王导，北来消息少刘琨。

· 南来尚觉吴江冷，北狩应悲易水寒。

· 露花倒影柳三变，桂子飘香张九成。

· 犹将歌扇向人遮。

· 水晶山枕象牙床。

· 彩云易散月长亏。

· 几多深恨断人肠。

· 罗衣消尽恁时香。

· 闲愁也似月明多。

· 直送凄凉到画屏。

· 行人舞袖拂梨花。

附

录

春江烟柳

词 论

[宋] 李清照

武陵春色

原　文

乐府声诗并著，最盛于唐。

开元、天宝间，有李八郎者，能歌擅天下。时新及第进士开宴曲江，榜中一名士，先召李，使易服隐名姓，衣冠故敝，精神惨沮，与同之宴所。曰："表弟愿与座末。"众皆不顾。既酒行乐作，歌者进，时曹元谦、念奴为冠，歌罢，众皆咨嗟称赏。名士忽指李曰："请表弟歌。"众皆哂，或有怒者。及转喉发声，歌一曲，众皆泣下罗拜，曰："此李八郎也。"

自后郑、卫之声日炽，流靡之变日烦。已有《菩萨蛮》《春光好》《莎鸡子》《更漏子》《浣溪沙》《梦江南》《渔父》等词，不可遍举。五代干戈，四海瓜分豆剖，斯文道息。独江南李氏君臣尚文雅，故有"小楼吹彻玉笙寒""吹皱一池春水"之词。语虽奇甚，所谓"亡国之音哀以思"也。

逮至本朝，礼乐文武大备。又涵养百余年，始有柳屯田永者，变旧声，作新声，出《乐章集》，大得声称于世；虽协音律，而词语尘下。又有张子野、宋子京兄弟，沈唐、元绛、晁次膺辈继出，虽时时有妙语，而破碎何足名家！至晏元献、欧阳永叔、苏子瞻，学际天人，作为小歌词，直如酌蠡水于大海，然皆句读不葺之诗尔。又往往不协音律者，何耶？

盖诗文分平侧，而歌词分五音，又分五声，又分六律，又分清浊轻重。且如近世所谓《声声慢》《雨中花》《喜迁莺》，既押平声韵，又押入声韵；《玉楼春》本押平声韵，又押上、去声韵，又押入声。本押仄声韵，如押上声则协；如押入声，则不可歌矣。

王介甫、曾子固，文章似西汉，若作一小歌词，则人必绝倒，不可读也。乃知词别是一家，知之者少。后晏叔原、贺方回、秦少游、黄鲁直出，始能知之。又晏苦无铺叙，贺苦少典重。秦即专主情致，而少故实，譬如贫家美女，虽极妍丽丰逸，而终乏富贵态。黄即尚故实，而多疵病，譬如良玉有瑕，价自减半矣。

译　文

　　曲子词讲究曲调和歌词并行不悖的景况，在唐代达到顶峰。

　　开元、天宝年间，有个叫李八郎的人，极善唱歌，扬名天下。当时新中举的进士都要去曲江参加宴会，其中有一名士，事先召请了这位李八郎，让他更换衣服，隐瞒姓名，扮成一副衣冠破旧、精神颓丧的模样，随同自己赴宴。入席时，名士对众人说："就让我表弟坐在最后吧。"众人见此情状，也没理睬他。接着酒宴开始，音乐响起，曹元谦和念奴两位冠绝一时的歌伶登台献唱，一曲唱毕，众人交口称赞。忽然，名士指着李八郎说："让我的表弟也来唱一曲吧。"众人觉得可笑，有的甚至很生气。待到听他引吭高歌，唱完一曲之后，在座之人无不感动落泪，一一拜伏在地，说："这人是李八郎啊！"

　　到了晚唐，词这种被视为"郑卫之声"的文体越来越流行，词风也变得越来越流于浮华。那时已产生诸如《菩萨蛮》《春光好》《莎鸡子》《更漏子》《浣溪沙》《梦江南》

《渔夫》等词，不胜枚举。五代时期战争纷起，海内有如瓜分豆剖，礼乐典制的薪火尽灭。唯独南唐君臣崇尚文雅，因此才留下李璟写的"小楼吹彻玉笙寒"、冯延巳写的"吹皱一池春水"这类词句。不过用语即使新奇，也只是所谓的"亡国之音哀以思"罢了。

及至本朝，礼乐制度和文德武功重新完备，又经过一百多年的涵养滋润，方才诞生柳永这样变旧声作新声的大家。《乐章集》的出版，为他赚足了名气，但是他的词再怎么贴合音律，遣词用句还是过于卑俗。此外，当时还有张先、宋祁和宋郊兄弟、沈唐、元绛、晁端礼等词人涌现，他们的词虽说时有妙语，但全篇过于破碎是不足以成为名家的啊！等到晏殊、欧阳修、苏轼这种博古通今的人也写起词来，词这种文体对比他们渊博的学识简直就像拿瓢酌饮大海之水，但是他们写的词都只能算是断句不整齐的诗而已，而且往往不合音律，这是什么缘故呢？

是因为诗文只需讲究平仄，而倚声填词讲究的就多了：音分唇音、牙音、舌音、齿音、喉音五音；声分阴平、阳平、上声、去声、入声五声；律分黄钟、大蔟、姑洗、蕤宾、夷则、无射六律；另外还有清音、浊音，轻音、重音的区别。就像平常所说的《声声慢》《雨中花》《喜迁莺》等词，既可押平声韵，又可押入声韵；而《玉楼春》本来押平声韵，也可押上声、去声韵，还可押入声韵；本来押仄声韵，如果押上声就很协调，如果再押入声那就唱不下去了。

王安石和曾巩的文章似有雄壮的西汉之风，然而要是用这种风格写词，肯定会让人笑倒在地，不堪卒读。所以说，词别是一家，但知之者甚少。到了晏几道、贺铸、秦观和黄庭坚等词人齐现，才算洞察这个道理。可令人不满的是，晏几道的词少用铺叙，贺铸的词失于庄重。秦观虽然善于传情致意，却缺乏典故，把词弄得像穷人家的女孩一样，即便形貌妍丽，终究少了高贵的气息。黄庭坚倒是注重穿插典故，但是多有不通的地方，就算瑕不掩瑜，也会身价减半啊！

鱼有高逸一種用筆之妙尤為書雋遊無
意為隹然謂造筌檢後雜塵境而与天游
清韻嫣忘不可几言傳矣　　　肃　平識

五清图

原　文

右《金石录》三十卷者何？赵侯德甫所著书也。取上自三代、下迄五季，钟、鼎、甗、鬲、盘、匜、尊、敦之款识，丰碑大碣、显人晦士之事迹，凡见于金石刻者二千卷，皆是正讹谬，去取褒贬。上足以合圣人之道，下足以订史氏之失者，皆载之，可谓多矣。

呜呼！自王涯、元载之祸，书画与胡椒无异；长舆、元凯之病，钱癖与传癖何殊？名虽不同，其惑一也。

余建中辛巳，始归赵氏。时先君作礼部员外郎，丞相时作吏部侍郎，侯年二十一，在太学作学生。赵、李族寒，素贫俭。每朔望谒告出，质衣取半千钱，步入相国寺，市碑文果实。归，相对展玩咀嚼，自谓葛天氏之民也。后二年，出仕宦，便有饭蔬衣练，穷遐方绝域，尽天下古文奇字之志。日就月将，渐益堆积。

丞相居政府，亲旧或在馆阁，多有亡诗、逸史、鲁壁、汲冢所未见之书。遂尽力传写，浸觉有味，不能自已。后或见古今名人书画，三代奇器，亦复脱衣市易。尝记崇宁间，有人持徐熙《牡丹图》，求钱二十万。当时虽贵家子弟，求二十万钱，岂易得耶？留信宿，计无所出而还之。夫妇相向惋怅者数日。

后屏居乡里十年，仰取俯拾，衣食有余。连守两郡，竭其俸入，以事铅椠。每获一书，即同共校勘，整集签题。得书、画、彝、鼎，亦摩玩舒卷，指摘疵病，夜尽一烛为率。故能纸札精致，字画完整，冠诸收书家。余性偶强记，每饭罢，坐归来堂烹茶，指堆积书史，言某事在某书某卷第几叶第几行，以中否角胜负，为饮茶先后。中，即举杯大笑，至茶倾覆怀中，反不得饮而起。甘心老是乡矣！故虽处忧患困穷，而志不屈。

收书既成，归来堂起书库大橱，簿甲乙，置书册。如要讲读，即请钥上簿，关出卷帙。或少损污，必惩责揩完涂改，不复向时之坦夷也。是欲求适意，而反取僇栗。余性不耐，始谋食去重肉，衣去重采，首无明珠翡翠之饰，室无涂金刺绣之具。遇书史百家，字不刓缺，本不讹谬者，辄市之，储作副本。自来家传《周易》《左氏传》，故两家者流，文字最备。于是几案罗列，枕席枕藉，意会心谋，目往神授，乐在声色狗马之上。

至靖康丙午岁，侯守淄川，闻金人犯京师，四顾茫然，盈箱溢箧，且恋恋，且怅怅，知其必不为己物矣。建炎丁未春三月，奔太夫人丧南来，既长物不能尽载，乃先去书之重大印本者，又去画之多幅者，又去古器之无款识者。后又去书之监本者，画之平常者，器之重大者。凡屡减去，尚载书十五车。至东海，连舻渡淮，又渡江，至建康。青州故第，尚锁书册什物，用屋十余间，期明年春再具舟载之。十二月，金人陷青州，凡所谓十余屋者，已皆为煨烬矣。

建炎戊申秋九月，侯起复知建康府，己酉春三月罢，具舟上芜湖，入姑孰，将卜居赣水上。夏五月，至池阳，被旨知湖州，过阙上殿。遂驻家池阳，独赴召。六月十三日，始负担，舍舟坐岸上，葛衣岸巾，精神如虎，目光烂烂射人，望舟中告别。余意甚恶，呼曰："如传闻城中缓急，奈何？"戟手遥应曰："从众。必不得已，先弃辎重，次衣被，次书册卷轴，次古器；独所谓宗器者，可自负抱，与身俱存亡，勿忘也！"遂驰马去。

途中奔驰，冒大暑，感疾。至行在，病痁。七月末，书报卧病。余惊怛，念侯性素急，奈何病痁，或热，必服寒药，疾可忧。遂解舟下，一日夜行三百里。比至，果大服柴胡、黄芩药，疟且痢，病危在膏肓。余悲泣，仓皇不忍问后事。八月十八日，遂不起，取笔作诗，绝笔而终，殊无分香卖履之意。

葬毕，余无所之。朝廷已分遣六宫，又传江当禁渡。时犹有书二万卷，金石刻二千卷，器皿、茵褥，可待百客，他长物称是。余又大病，仅存喘息。事势日迫，念侯有妹婿，任兵部侍郎，从卫在洪州，遂遣二故吏，先部送行李往投之。冬十二月，金人陷洪州，遂尽委弃。所谓连舻渡江之书，又散为云烟矣。独余少轻小卷轴、书帖，写本李、杜、韩、柳集，《世说》《盐铁论》，汉唐石刻副本数十轴，三代鼎鼐十数事，南唐写本书数箧，偶病中把玩，搬在卧内者，岿然独存。

上江既不可往，又虏势叵测，有弟迒，任敕局删定官，遂往依之。到台，台守已遁；之剡，出陆，又弃衣被，走黄岩，雇舟入海，奔行朝，时驻跸章安。从御舟海道之温，又之越。

庚戌十二月，放散百官，遂之衢。绍兴辛亥春三月，复赴越；壬子，又赴杭。先侯疾亟时，有张飞卿学士，携玉壶过视侯，便携去，其实珉也。不知何人传道，遂妄言有"颁金"之语，或传亦有密论列者。余大惶怖，不敢言，亦不敢遂已，尽将家中所有铜器等物，欲赴外廷投进。到越，已移幸四明。不敢留家中，并写本书寄剡，后官军收叛卒，取去，闻尽入故李将军家。

所谓岿然独存者，无虑十去五六矣。惟有书画砚墨，可五七簏，更不忍置他所，常在卧榻下，手自开阖。在会稽，卜居土民钟氏舍。忽一夕，穴壁负五簏去。余悲恸不得活，重立赏收赎。后二日，邻人钟复皓出十八轴求赏，故知其盗不远矣。万计求之，其余遂牢不可出，今知尽为吴说运使贱价得之。所谓岿然独存者，乃十去其七八。所有一二残零不成部帙书册，三数种平平书帖，犹复爱惜如护头目，何愚也耶！

今日忽阅此书，如见故人。因忆侯在东莱静治堂，装卷初就，芸签缥带，束十卷作一帙。每日晚，吏散，辄校勘二卷，跋题一卷。此二千卷，有题跋者五百二卷耳。今手泽如新，而墓木已拱。

悲夫！昔萧绎江陵陷没，不惜国亡而毁裂书画；杨广江都倾覆，不悲身死而复取图书。岂人性之所著，死生不能忘欤？或者天意以余菲薄，不足以享此尤物耶？抑亦死者有知，犹斤斤爱惜，不肯留在人间耶？何得之艰而失之易也！

呜呼，余自少陆机作赋之二年，至过蘧瑗知非之两岁，三十四年之间，忧患得失，何其多也！然有必有无，有聚必有散，乃理之常。人亡弓，人得之，又胡足道。所以区区记其终始者，亦欲为后世好古博雅者之戒云。

绍兴五年、玄黓岁，壮月朔甲寅
易安室题

译　文

　　以上《金石录》三十卷，其实是先夫赵明诚所编著的一部书。其中收录的内容远自夏、商、周，近至后梁、后唐、后晋、后汉、后周，历朝历代刻在钟、鼎、甗、鬲、盘、彝、尊、敦上的铭文，以及刻在方形碑和圆形碑上的显贵之人或隐逸之士的事迹，凡是至今仍存留于金石之上的文字，共被整理成二千卷。这些文字里的错讹都经过了勘正，人物的褒贬也经过了汰选，符合圣人之道并且有益于订正史书之误的内容，悉数编收，可以说很丰富了。

　　唉！唐代的王涯和元载都死于横祸，究其因却没有多大差异：一个因为偏爱收藏书画，一个缘于酷好囤积胡椒；西晋的和峤和杜预各有怪癖，然而贪恋钱财之癖，和嗜读《左传》之癖又有什么不同呢？这几种癖好虽然听起来不同，其实诱惑他们的都是同一种东西。

　　建中靖国元年（1101），我嫁入了赵家。先父当时是礼部员外郎，明诚的父亲是礼部侍郎。明诚那时二十一岁，还是太学的学生。赵家和李家本出自寒门，素来守贫持俭。明诚每个月的初一和十五都会请假出来，当掉衣服换取五百铜钱，到相国寺买些碑帖和水果，回家和我一起边吃边观赏，自称是怡然自得的葛天氏之民。两年后，明诚初登仕途，便立志纵使节衣缩食，也要走遍天涯海角，收尽各处的古文和奇字。日积月累，收罗的东西越来越多。

那时明诚的父亲当任尚书左丞，亲戚朋友也有在秘书省任职的，明诚借机得以见到许多亡诗、逸史，以及像藏于鲁壁、汲冢那样罕见的图书，于是他尽力地把这些文字转抄下来，在其中沉浸和回味着，兴奋得不能自已。此后，一旦在集市碰到古今名人的书画，或者夏、商、周的珍奇器物，他也仍旧会脱下身上的衣服去换。曾记得崇宁年间（1102-1106），有个人拿来一幅南唐画家徐熙的《牡丹图》，要价二十万铜钱。当时虽是官宦子弟，可是要一下拿出二十万铜钱，哪有那么容易呢？明诚将这幅图留了两晚，却因无计可施只好归还人家，为这事我们两个遗憾难过了好几天。

后来在青州闲居的十年，衣服饭食伸手可得，生活过得还算丰裕。再后来，明诚接连担任了莱州、淄州的太守，所得俸禄全部投入到书籍的校勘。每得一书，我们就一起校订核对，整理成集，题好书名；得到字画和彝鼎，也要摩挲把玩、展卷欣赏很久，指摘上面的瑕疵，每夜燃尽一支蜡烛才休息。因此才做到书籍精致，字画完整，品质超过诸多藏家。我天生记忆力好，每次吃完饭，和明诚坐在归来堂上烹茶，指着成堆的史书，说出某一典故出自某书某卷第几页第几行，以猜中与否判断胜负，依此决定饮茶的先后。有时我猜中了，便举杯大笑，以至把茶全倾洒到怀里，起来时反而饮不到一口。那时真心情愿在这个地方白头偕老！所以即使身处忧患穷困之中，也从未改变收藏的志向。

收藏图书的目标既已完成，我们就在归来堂建起书库大橱，按甲乙丙丁编序，将书册安置进去。如有讲读需要，就得申请钥匙，在簿子上登记，然后才能取出想要的书籍。我有时稍微把书籍损坏或弄脏了，他定要责令我拭净涂改，而不再像过去那样心平气和。收藏书籍本为寻求适意，如今反弄得不愉快。我性子有点不耐烦，就打算从此再也不同时吃两道荤菜，不同时穿两件绣有文彩的衣裳，头上也不要明珠翡翠的妆饰，室内也不要镀金刺绣的家具。遇到诸子百家的书籍，只要字不残缺、版本不假的，就立刻买下，储存起来作为副本。原来家传的《周易》和《左传》，在当时所流行的两个版本中，文字最为完备。那时几案上被罗列得满满的，枕席上也横七竖八堆得到处是，我着迷其中心领意会，目往神授，所得的乐趣远远超过耽溺于声色犬马。

到了钦宗靖康元年（1126），明诚时为淄州知州，当他听说金军侵犯京师汴梁，一时茫然无措，看着满箱满笼的藏品，既恋恋不舍，又怅惘不已，心知这些东西必将不为己有了。高宗建炎元年（1127）春三月，我的婆婆太夫人郭氏在建康去世，我们要赶来南边奔丧。已经无望把所有物品都带走，便先把书籍中重而且大的印本舍弃，再把藏画中重复的几幅舍弃，又把古器中没有款识的舍弃。最后舍弃书籍中的国子监刻本、画卷中的平庸之作，以及古器中又重又大的几件。经多次削减，还装了十五车书籍。到了海州，雇了好几艘船渡过淮河，又渡过长江，最终抵达建康。这时青州老家，还锁存着书册什物，占用了十多间房屋，本计划着来年春天再备船运走它们。可是到了十二月，金兵攻陷青州，这十几屋东西，早已全部化为灰烬了。

高宗建炎二年（1128）秋九月，明诚守丧未满就被任命为建康知府，三年（1129）春三月被罢免后，便搭船去芜湖。后来到了当涂，计划在鄱阳湖附近的赣江流域找个住处。夏五月，到了贵池，收到皇帝任命他为湖州知州的旨意，需上殿朝见。于是把家人安顿在贵池，准备独自奉旨入朝。六月十三日，才挑起行李，舍舟上岸。他坐在岸上，穿着一身夏布衣服，翻起覆在前额的头巾，精神如虎，目光如炬，向着船上告别。此刻我的情绪很不好，大喊道："假如听说城里局势紧急，怎么办呀？"他伸出食指和中指，义正词严地远远答应道："跟随众人吧！万不得已时，先丢掉包裹行李，再丢掉衣服被褥，再丢掉书册卷轴，再丢掉古董，只是那些宗庙祭器，必须抱着背着，与自身共存亡，万勿忘记啊！"说罢策马而去。

一路上不停地奔驰，冒着炎暑，感染成疾。到达皇帝驻跸的建康，才知道是患了疟疾。七月底，有信到家，说他已经病倒了。我又惊又怕，想到明诚性子向来急躁，无奈生了疟疾，要是发烧起来，他一定会服寒性的药，病就更令人担忧了。于是我乘船东下，一昼夜赶了三百里。到达以后，方知他果然服了大量的柴胡、黄芩等凉药，疟疾加上痢疾使他病入膏肓，危在旦夕。我不禁悲伤地流泪，仓皇之间不忍问及后事。八月十八日，他已经病得起不了身，最后取笔作诗，绝笔而终，却完全没有"分香卖履"之类的遗嘱。

葬礼结束以后，我惶惶不知去往何处。建炎三年（1129）秋七月，皇上遣散了六宫的后妃，又传闻长江正要禁渡。当时家里还有书二万卷，金石刻二千卷。所有的器皿、被褥，可以供百人所用；其他物品的数量与此相当。我又生了一场大病，只剩一口气。时局越来越紧张，想到明诚有个做兵部侍郎的妹婿，此刻正在南昌护送逃亡中的六宫一行。我马上派两个老仆人，先将部分行李送到他那里去。

谁知到了冬十二月，金人又攻下南昌，因此这些东西都不知去向。那些一艘接着一艘运过长江的书籍，又都如云烟一般消散了。只剩下少数分量轻、体积小的卷轴、书帖，以及李白、杜甫、韩愈、柳宗元的写本诗文集，《世说新语》《盐铁论》，汉、唐石刻副本数十轴，三代鼎鼐十几件，南唐写本书籍几箱。偶尔能够病中欣赏的这些被搬到卧室的东西，算是幸免于难的仅存之物了。

沿长江而上已不可行，而金人的攻势尚难预料。还好我有个兄弟叫李远，时任勑局删定官，便想起去投靠他。我赶到台州，台州太守已经逃走；途经剡县，出了睦州，又丢掉衣被，直奔黄岩，雇船入海，追随出行中的朝廷，这时高宗皇帝正驻跸在章安。于是我跟随御舟走海路前往温州，又奔赴越州。

建炎四年（1130）十二月，皇上下旨将百官分散出去，我就到了衢州。绍兴元年（1131）春三月，又回到越州；二年（1132），又到了杭州。先夫病重时，曾有一个叫张飞卿的学士带着玉壶来看望他，随即携去，其实那只是用一种似玉的美石雕成的。不知是谁传出去，于是谣言中便有"颁金"通敌的说法，还传说有人向皇上疏论此事。我非常惶恐，不敢争辩，也不想就此算了，所以把家里所有的青铜器等古物悉数拿出，准备向宫廷捐献。可我赶到越州，皇上已移驾明州。我不敢把东西留在身边，连带写本书籍一起寄存剡县，后来官军在此搜捕叛兵时把它们取去，传闻现已全部归入前李将军家中。

所谓幸免于难的东西，无疑又去掉十分之五六了。唯有书画砚墨，还剩下五六筐，再也舍不得放在别处，时时藏在床榻下，亲手保管。在会稽时，我借住在当地居民钟氏家里。冷不防一天夜里，有人掘壁洞盗走了五筐。我伤心至极，决心重金悬赏收赎回来。过了两天，邻人钟复皓拿出十八轴书画来求赏，因此知道这人就是近在眼前的盗贼。我千方百计求他，可他再也不肯拿出其余的东西。今天才知道那些东西全被福建转运判官吴说贱价买去了。所谓幸免于难的东西，这时已去掉十分之七八。剩下一二件残余零碎的不成部帙的书册，三五种平平无奇的书帖，我还一仍其旧地爱惜如命，多么愚蠢呀！

今天无意间翻到这本《金石录》，如见故人。于是又忆起跟明诚在莱州静治堂上的旧事，我们刚刚把《金石录》装订成册，插以芸签，束以缥带，每十卷作一帙。每天晚上仆役散后，他便校勘两卷，题跋一卷。这二千卷中，有题跋的就有五百零二卷啊。现在他的手迹还像刚写好的一样，可是墓前的树木已长到两手才能合围了。

悲痛啊！从前梁元帝萧绎在都城江陵陷落之际，不痛惜国家的灭亡，反而在被俘虏前焚毁万卷书画；隋炀帝杨广在江都被弑之后，不悲伤自己的丧身，反而化作孤魂将唐人载去的图书重新夺回。难道人性之所专注的东西，能够逾越生死而念念不忘吗？或者天意认为我资质菲薄，不足以享有这些珍奇的物件吗？抑或明诚死而有知，对这些东西依然斤斤爱惜，不肯使其留在人间吗？为什么得来那么艰难而失去又是如此容易啊！

　　唉！陆机二十岁作《文赋》，我在比他小两岁的时候嫁到赵家；蘧伯玉五十岁还时时悔悟过往之非，现在我已比他大两岁。在这三十四年之间，忧患得失，何其多啊！然而有有必有无，有聚必有散，这是人间的常理。有人丢了弓，总有人得到弓，又何必计较。因此我诚心诚意记述这本书的始末，也想为后世好古博雅之士留下一点鉴戒。

　　　　绍兴五年（1135），太岁在壬，八月初一甲寅
　　　　　　　　　　　　　　　　　　　　　　易安室题

李清照年表

仿惠崇江南春图

宋神宗元丰七年（1084） 1岁

李清照生于齐州济南（今山东章丘明水），父李格非，字文叔，"苏门后四学士"之一，母王氏，状元王拱辰之孙女，善属文。时年司马光六十五岁，王安石六十三岁，苏轼四十七岁，苏辙四十五岁，黄庭坚三十九岁，秦观三十五岁，张耒三十岁，周邦彦二十八岁。

元丰八年（1085） 2岁

神宗去世，年仅九岁的哲宗继位，宣仁太后执国事，司马光任宰相，全面废除王安石变法，恢复旧制。

宋哲宗元祐元年（1086） 3岁

格非官太学，受知于翰林学士苏轼。

元祐八年（1093） 10岁

哲宗亲政，全面恢复变法新政，严酷打击元祐党人。苏轼、苏辙、黄庭坚等人遭流贬。

元符二年（1099） 16 岁

是年前后，清照随母及胞弟远迁居汴京（今河南开封）。

元符三年（1100） 17 岁

徽宗继位，向太后听政，再次起用元祐党人，废除变法新政。是年，清照得识父亲好友张耒（字文潜），并作《浯溪中兴颂诗和张文潜》二首。

宋徽宗建中靖国元年（1101） 18 岁

适赵明诚。明诚字德甫，赵挺之季子，时年二十一岁，太学生。时清照父格非为礼部员外郎，明诚父挺之为吏部侍郎。

是岁，苏轼卒。

崇宁元年（1102） 19 岁

徽宗执权,蔡京为相,重又恢复新政,定元祐"奸党"名单,并刻于石上,竖于端礼门外,称之"元祐党人碑"。李格非名列其中，清照上诗赵挺之救父。

是岁，秦观卒。

崇宁二年（1103） 20 岁

是年，赵明诚出仕。

九月，朝廷下诏，禁止元祐党人子弟居京，清照被迫离京，投奔上年返回原籍的父母。

崇宁五年（1105） 22岁

是年二月，赵挺之进拜尚书右仆射，与蔡京争权，毁《元祐党人碑》，大赦天下，除党人一切之禁，时清照返汴京。

是岁，黄庭坚卒，李格非作诗挽之。

大观元年（1107） 24岁

是年正月，蔡京复相。

三月，赵挺之罢尚书右仆射，后五日卒，年六十八。

明诚母郭氏率其子女、媳妇归居青州。

大观二年（1108） 25岁

明诚、清照夫妇屏居青州。

八月赴金乡（今山东济宁），为闲居此地的晁补之贺寿，清照作《新荷叶》（薄露初零）以赠。

政和三年（1113） 30岁

居青州。

清照作《词论》。

政和七年（1117） 34岁

居青州。

明诚编《金石录》始成，刘跂为《金石录》作《后序》。

宣和三年（1121） 38 岁

是年明诚守莱州。

秋，清照自青州赴莱州，途经昌乐，作《蝶恋花》(泪湿罗衣脂粉满）词一首。

八月十日，清照至莱州，作《感怀》诗一首。

宋钦宗靖康元年（1126） 43 岁

明诚守淄州（今山东淄博),期间得白居易手书《楞严经》，与清照共赏。

是年十二月，金军破汴京，史称"靖康之变"。

靖康二年（1127） 44 岁

是年三月，明诚南下江宁（今江苏南京）为母奔丧。

四月，金军俘徽宗、钦宗及其宗室数千人，并携大量财物北去，汴京为之一空，北宋亡。清照由淄州返青州，整理金石文物准备南运。

五月，高宗于南京应天府（今河南商丘）即位，改元建炎，史称南宋。

八月，明诚知江宁府，清照载书十五车赴江宁。

十二月，青州兵变，明诚家存书册什物十余屋遭焚毁。

建炎二年（1128） 45 岁

是年春,清照抵江宁。期间作《蝶恋花·上巳召亲族》等词。

建炎三年（1129） 46 岁

是年二月，明诚罢知江宁府。

三月，夫妇置舟船上芜湖，入姑孰（今安徽当涂）。

四月，高宗入江宁。

五月，高宗更江宁府为建康府，明诚奉旨知湖州。

六月，明诚、清照夫妇安家池阳（今安徽贵池），明诚独赴行在（建康），途中染疾。

七月末，清照闻讯赶往建康。

八月十八日，明诚卒于建康，年49岁。葬毕，清照大病。

九月，金兵南下，高宗自建康逃往浙西。

十二月，清照闻说"玉壶颁金"之传言，故携所有古铜器赴越州（今浙江绍兴）、台州等地追赶高宗投进，未遂。

建炎四年（1130） 47 岁

是年春，清照紧随高宗奔走于明州（今浙江宁波）、温州。

十一月，至衢州。

作《渔家傲》（天接云涛连晓雾）等词。

绍兴元年（1131） 48 岁

是年三月，清照赴越州，暂居钟氏宅，所携部分文物为钟氏所盗。

绍兴二年（1132） 49岁

是年正月，高宗至临安，清照随后赴杭。

夏，再适张汝舟。

秋，与张离异，并因告发张汝舟"妄增举数入官"而获罪，后为明诚远亲、高宗近臣綦崇礼所搭救，清照以《投内翰綦公崇礼启》谢之。

绍兴三年（1133） 50岁

是年六月，同签枢密院事韩肖胄、工部尚书胡松年使金，清照缘此事作《上枢密韩公工部尚书胡公》古、律诗各一首。

绍兴四年（1134） 51岁

九月，金兵来犯杭州。

十月，清照避居金华。

十一月，作《打马赋》《打马图经》等。

绍兴五年（1135） 52岁

是年仍居金华，作《武陵春》（风住尘香花已尽）词，又赋《八咏楼》诗。

是年八月，作《金石录后序》。

后返临安并长期居住于此。

绍兴十三年（1143） 60 岁

是年立春，清照作《皇帝阁春帖子》《贵妃阁春帖子》。
夏，清照撰《夫人阁端午帖子》。

绍兴十六年（1146） 63 岁

是年春，曾慥《乐府雅词》成，收录清照词二十三首。

绍兴二十年（1150） 67 岁

清照携所藏米芾真迹，两访其子米友仁，求作跋。

绍兴二十一年至二十五年（1151—1155） 68 岁至 72 岁

表上《金石录》于朝。

绍兴二十六年（1156）

李清照卒于是年或是年以后，享年至少七十三岁。

行迹图

李清照

1084 年	李清照生于齐州济南（今山东章丘）；
1099 年	随母迁居汴京（今河南开封），与父亲团聚；
1103 年	其父与赵明诚父在党争中受挫，遂返回原籍济南；
1105 年	朝廷大赦天下，重返汴京；
1107 年	明诚父再次失势，不久去世，清照遂与明诚归居青州；
1121 年	明诚守莱州，清照随后赴往莱州；
1126 年	明诚守淄州（今山东淄博），清照随往，是年金兵入侵汴京；
1127 年	明诚南下江宁（今江苏南京）为母奔丧，清照返回青州准备南逃；
1128 年 2 月	明诚守江宁，清照离开青州，抵达江宁与明诚汇合；
1129 年 5 月	沿长江西行，途经芜湖，暂居池阳（今安徽贵池）；
1129 年 7 月	明诚返建康（今江苏南京）面圣，途中染疾，清照随后赶回，明诚 8 月去世；
1129 年 9 月	金兵南下，清照逃往东南地区，途经临安（今浙江杭州）、越州（今浙江绍兴）；
1129 年 12 月	抵达明州（今浙江宁波），继续南逃；
1130 年 1 月	逃往台州，又由海路前往温州；
1130 年 3 月–4 月	乘船返回明州，后返回越州；
1131 年 12 月	沿钱塘江逃往衢州；
1131 年 3 月	由衢州返回越州；
1132 年 1–2 月	定居临安；
1134 年 9 月	金兵入侵临安，清照避居金华；
1135 年	返回临安，终老于此。

莱州

青州

江宁

芜湖

临安

钱塘江

越州

明州

金华

台州

衢州

温州

编校说明

1. 本版《李清照诗词全集》，以清代王鹏运《四印斋所刻词》本《漱玉词》为底本，参校人民文学出版社1979版王仲闻《李清照集校注》、上海古籍出版社2017版徐培均《李清照集笺注》等版本。

2. 附录部分，《词论》录自清乾隆五年至六年海盐杨佑启耘经楼依宋重刊本《苕溪渔隐丛话》；《〈金石录〉后序》录自清乾隆二十七年德州卢氏雅雨堂精写刻本《金石录》。

3. 凡原文所据底本空缺或遗漏处，均据其他版本增补。

4. 凡原文所据底本讹误处，均据"李清照研究"最新学术成果修改。

导读作者 | 程 璧

程璧，知名音乐人、词曲创作者。

出生于山东滨州，北京大学日语系硕士。

旅居东京期间，曾工作于原研哉的设计事务所。

已发行个人音乐专辑《晴日共剪窗》《诗遇上歌》《我想和你虚度时光》《早生的铃虫》《步履不停》；推出个人单曲《光芒》《万物有灵》；举行"我和小鸟和铃铛"全国巡回演唱会；获得"华语金曲奖音乐盛典"年度最佳国语女新人奖。

李清照的词不仅让她产生深切的共鸣，对音乐有了更多的理解，还给她提供丰富的创作灵感以及美学启发。程璧对李清照诗词的全新解读，让我们感受到一个有血有肉的李清照，重新认识中国古典诗词之美。

策　划　｜　作家榜

出　品　｜

出 品 人　｜　吴怀尧　周公度

　　　　　　邵　飞　胡云剑

版权所有　｜　大星文化

产品经理　｜　刘　楠　李　谨

美术编辑　｜　李孝红

封面设计　｜　大星文化

封面绘图　｜　啾处机

内文插图　｜　［清］恽寿平

导读作者　｜　程　璧

行 迹 图　｜　何雪莲

产品监制　｜　陈　俊

投稿邮箱 ｜ dxwh@zuojiabang.cn

渠道合作 ｜ 021-60839180

官方微博 ｜ @大星文化 @中国作家榜

作家榜官方网站 ｜ www.zuojiabang.cn

作家榜官方微博 ｜ @中国作家榜（每天都在免费送经典好书）

本书图片如涉及使用版权等事宜请联系 ｜ 021-60839180

下载作家榜 APP
百大名著·随心畅读

作家榜官方微博
经典好书免费送

图书在版编目（CIP）数据

李清照诗词全集 /（宋）李清照著 . -- 北京 : 中信
出版社 , 2019.9（2021.5 重印）
（作家榜经典文库）
ISBN 978-7-5217-0794-6

Ⅰ . ①李… Ⅱ . ①李… Ⅲ . ①宋诗—诗集②宋词—选
集 Ⅳ . ① I222

中国版本图书馆 CIP 数据核字 (2019) 第 140308 号

李清照诗词全集

著　者：[宋] 李清照
导　读：程璧
出版发行：中信出版集团股份有限公司
　　　　（北京市朝阳区惠新东街甲 4 号富盛大厦 2 座　邮编　100029）
承 印 者：浙江新华数码印务有限公司

开　本：889mm×1194mm　1/32　　印　张：7.25　　字　数：43 千字
版　次：2019 年 9 月第 1 版　　　　印　次：2021 年 5 月第 7 次印刷
书　号：ISBN 978-7-5217-0794-6
定　价：46.00 元